折射集
prisma

照亮存在之遮蔽

Writers and Their Cats

Their Cats

Alison Nastasi

南京大学出版社

作家
与他们的
猫

[美] 艾莉森·纳斯塔西 著

陈畅 译

南京大学出版社

献给林克斯与卢纳，
感谢你们带来的爱、
欢笑与光明。

———— 艾莉森

目录
CONTENTS

by
Alison Nastasi

大佛次郎
JIRŌ OSARAGI

and

his cats

Writers and Their Cats

南京大学出版社

前言

INTRODUCTION

　　埃德加·爱伦·坡（Edgar Allan Poe）曾经写道："我希望我的作品能像猫一样神秘。" 这位哥特小说的鼻祖有一位玳瑁色的缪斯名叫卡塔里娜（Catarina），据说他在书桌前工作时，她会挂在他的肩上。坡只是那无数着迷于猫咪斯芬克斯般的神秘的作家中的一位。虽然我们不再以古埃及猫教（cat cult）般的热诚——教徒们会为猫建立并装饰神殿——敬奉我们的猫咪伙伴，但万能的猫咪持续俘获着我们的心与想象力。这种对猫系动物的内在迷恋在从事创造性工作的人群中最为强烈，例如那些文人们，他们和猫一样有着典型的沉思与孤僻气质。要逼一只养尊处优的猫像狗一样释放能量，暴露他撩人的本性，绝对是不怀好意的冒犯，因此书呆子和作家便成了善变的猫咪们的绝佳伴侣。任性的猫咪懒卧在一沓沓的手稿上、给笔记本电脑加热或是扮演常住的图书管理员，除此之外他反感一切干扰。猫咪在作家身上找到了与自己相通的灵魂，他们对生活中那细微的、不可言说的玄妙有着同样的感受力。"猫是知识分子的天然伙伴," 法国兽医费尔南·梅里（Fernand Méry）在他 1966 年的著作《猫的生命、历史以及魔力》（*The Life, History, and Magic of the Cat*）一书中写道,"他们静默地守卫着梦、灵感以及耐心的研究。"

作家永远在观察我们,这是不可避免的。他们注视着我们,记录着我们。他们热衷于守护人性,无法压抑自己纪实的欲望。他们的生活时常被描述成是放荡不羁且无忧无虑的,但同时,关于作家离群索居、忧郁深沉的刻板印象也普遍存在。作家忧郁名声的背后或许存在科学依据。《玩火:躁狂抑郁症与艺术气质》（*Touched with Fire: Manic-Depressive Illness and the Artistic Temperament*）的作者、约翰斯·霍普金斯大学（Johns Hopkins University）精神病学教授凯·雷德菲尔德·贾米森（Kay Redfield Jamison）就情绪疾病与艺术性间的关联进行了广泛的研究。贾米森称作家患有双相情感障碍及抑郁症的概率是常人的 10 倍到 20 倍。"躁狂抑郁症患者与有创作天赋的人有着共通的认知方式，"贾米森在《纽约时报》1994 年的相关报道中这样指出，"谈到作家，我们想到的是大胆、敏感、不安与不满，这恰恰就是躁狂抑郁症的特质。"英国诗人拜伦（Lord Byron）认为："我们诗人都是疯子。有的为快乐而狂热，有的因忧郁而发疯，无人幸免。"我们现在已知，养猫可以缓解压力、焦虑，并降低心脏疾病的风险，或许古往今来的爱猫作家们只是在顺从他们无可抑制的生理需求，在猫的身上寻求慰藉，以缓解自己作为这个社会的说书人所承受的重负。

让我们以 2008 年的一项研究为例。研究人员调查了年龄在 30 到 75 岁之间的 4000 位成年人（大约一半养或曾经养过猫），发现养猫的人中，中风和心脏病发作的概率要低三分之一之多。明尼苏达大学（University of Minnesota）的神经学家阿德南·库雷西（Adnan Qureshi）博士主持了这项研究，他告诉《每日电讯报》（*The Telegraph*）："合理的解释是，养猫缓解了压力和焦虑，从而降低了心脏病的风险。"库雷西还认为，抚摸你的猫（或是其他你喜欢的动物）可以减少血液中与压力相关的激素，从而降低血压及心率。

猫不仅有益我们的身体健康，还在提供陪伴与社会支持方面发挥着关键作用。我们生活在数字时代，始终连通着线上的社交网络，很多作家因此与世隔绝，沉浸于创作，迷失在幻想与人类情绪所构筑的深渊中。这听上去很孤独，但做一个不插电的文人不代表一定要孤立于世。对于长时间的执笔（或敲击键盘），安静的猫咪是理想的陪伴，他们偶尔也会在作家们需要的时候，边发出呼噜声边温柔地轻拱他们，把他们带回现实世界。

脸书（Facebook）的一个研究团队在2016年探究了社会交往、猫与文学题材间的又一有机关联。研究结果证实了人们的普遍认知——爱猫人士也爱书。在整合并去识别化了美国大约16000名在社交网络上晒过宠物的人的数据后，这项研究得出了爱猫人士"尤为爱书"的结论。爱猫人士"似乎会在网站上表达更多元的感受"，尤其是例如幸福与爱的正向情绪。这瓦解了爱猫人士——包括作家——都是郁郁寡欢的孤家寡人的刻板印象。也许这些在社交网络上过度分享的人正是内心想成为作家的人。

当然，脸书的研究结论中描述的"感受"并不全是乐观的，也会证实一些人们常有的关于爱书者和猫之间的负面联想。冷漠、自私、情绪化既可以描述世界上最著名的作家，也可以描述你养的再普通不过的斑纹猫。如果生而为人注定无法完美，那作家或许还有项优势。在露西·莫德·蒙哥玛利（Lucy Maud Montgomery）1915 年的小说《女大学生安妮》（*Anne of the Island*）——她备受喜爱的"绿山墙上的安妮"小说系列的第三本——中，多罗西·加德纳（Dorothy Gardner）宣布："我爱 [猫]，他们如此得友好而自私。狗太善良、太无私了。他们让我觉得不舒服。但猫像极了人类。" 你们应该很容易猜到，蒙哥玛利自己就是位爱猫人士 。

据动物学家德斯蒙德·莫里斯（Desmond Morris）在其1967 年的著作《裸猿》（*The Naked Ape*）中所写，猫咪和人——

尤其是文人——之间的共生关系源自"一些与我们自身的特殊品质强相关的关键因素"。莫里斯认为我们会在最爱的动物身上看见自己的影子。对于作家来说，猫代表着最吸引创作型人格的品质——例如神秘、聪颖、无畏、善变与感性。作家与猫之间的吸引指向的是一种寻找相似特质的内在驱力。这证实了作家与猫共享的强大的潜意识联结，也或许解释了为什么文学作品会广泛使用猫咪作为象征符号。

虽然离猫在古代文化中被崇拜和被认定为诸神的图腾已过去了多个世纪，但猫一直是一种神秘的角色、守护的神灵、心理的象征和彼世意识的写照——尤其是在文学作品中。在坡 1843 年的短篇小说《黑猫》（"The Black Cat"）中，酗酒、残暴的叙事者被一只神秘的猫咪分身纠缠，他来向他寻仇，并不断地提醒他犯下的罪过。海明威（Hemingway）1925 年的短篇小说《雨中的猫》（"Cat in the Rain"）以"可怜的猫咪"

的形象来表达孤独妻子的脆弱——有些评论者也认为，它表达了她想要生孩子的欲望。村上春树（Haruki Murakami）小说中真实的和魔幻的猫咪与宇宙存在神秘的关联，并使得他笔下人物潜意识里的渴望跃然纸上。法国象征主义诗人夏尔·波德莱尔（Charles Baudelaire）1857年的著名诗集《恶之花》（*Les Fleurs du mal*）中收录的《猫》（"Les Chats"）一诗如此描写猫超越尘世的能力：猫"仿佛在无限的梦境中沉睡"。关于梦幻的、神性的猫的构想可能是作家本人的夙愿，他渴望汲取猫传说中的神秘智慧与超自然的魔力。但对于其他许多作家来说，猫无非是他们内心世界的真实本质的反映。法国作家、电影艺术家和《可怕的孩子们》（*Les Enfants Terribles*）的作者让·谷克多（Jean Cocteau）曾以抒情的沉思描写此情："我爱猫，因为我爱我的家；一点一点，他们成了它显形的灵魂。"

艾丽斯·沃克
ALICE WALKER

激进分子、普利策小说奖得主、《紫色》（*The Color Purple*）的作者艾丽斯·沃克曾在 2007 年佛教杂志《狮吼》（*Lion's Roar*）的访谈中谈起自己的一只爱猫。"我的猫在抵达我家之前活得很动荡。她有一颗牙断了，另一边的另一颗又有些长。她牙齿不齐，"沃克分享道，"一个陌生人可能会看着她说：'哦，她的牙不是很完美。'但我，在她的不完美中看到了绝对的完美——迷人的完美。她给了我那么

多信息，让我知道她曾经经历过怎样的生活，以及由此生长出的灵魂的模样。"沃克的小说审视种族主义与父权文化，她还在《我们所爱的一切都可存留：一位作家的激进主义》（*Anything We Love Can Be Saved: A Writer's Activism*）中写到自己因为常要旅行而无法很好地处理与猫的关系。她曾养过一只猫名叫威利斯（Willis），因为她是在纽约市的威利斯大道桥（Willis Avenue Bridge）上被救下来的。沃克离婚时，一只特别的猫进入了她的生活。"我给这只猫取名为塔斯卡卢萨（Tuscaloosa），在乔克托语①里是黑色战士的意思，"她写道，"他的名字已经告诉了你一切，我当时极度脆弱，突然在这个大城市里孤身一人，非常需要保护……我们住在布鲁克林公园坡（Park Slope, Brooklyn）的一个小小的两层三室公寓里……我经常在面向街道的书桌前写作，塔斯卡卢萨就伏在我脚边。不过我更经常靠在床上写作，他就在我膝盖边打着盹儿，平静而温暖。"沃克之后在救助站遇见了弗里达（Frida），"一只两岁的长毛三花猫，有着大大的黄眼睛和一条橘黄色的腿……我给她取名为弗里达，弗里达·卡罗（Frida Kahlo）的弗里达。我只能祈求她有天能表现出卡罗的某些品质。即便她的童年糟透了，她也能像卡罗一样，最终变得勇敢、热情、平静……睡前我总会抱起她，搂着她，轻声地告诉她她有多么可爱，多么漂亮，多么美好，我的生活里有她我又是多么幸运，告诉她我会永远爱她"。

艾伦·金斯堡
ALLEN GINSBERG

"顺便说一下，一只猫正坐在我的肩上。"垮掉的一代的偶像艾伦·金斯堡在 1954 年给他的朋友、《在路上》（*On the Road*）的作者杰克·凯鲁亚克（Jack Kerouac）的一封信中写道。那时金斯堡正住在旧金山诺布山（Nob Hill）街区的公寓，也是在那儿，他在服用仙人掌致幻剂后望向弗朗西斯·德雷克爵士酒店，却看见了《旧约》神摩洛（Moloch）。这一经历启发他创作了著名的诗篇《嚎叫》（"Howl"），而它在出版后因淫秽内容而招致的备受关注的审判，则标志着垮掉运动的开始。鉴于金斯堡是一位反战示威者、佛教徒及和平诗人，猫喜欢陪伴其左右便不足为奇了。

安吉拉·卡特
ANGELA CARTER

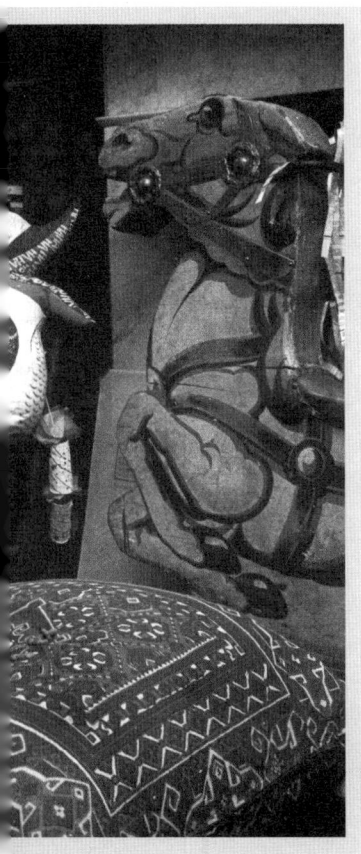

以暗黑女性主义故事闻名的英国作家安吉拉·卡特总说自己仅六岁就创作了第一部小说。《比尔和汤姆去猫市》（*Bill and Tom Go to Pussy Market*）"充满了社会现实主义：猫咪们忙于自己的日常事务"。她儿时最爱的猫名叫查理（Charlie）（这只调皮的小猫喜欢把她妈妈的鞋当猫砂盆）。她和她的第一任丈夫保罗·卡特（Paul

Carter）领养了一只有着"薰衣草色的耳朵"和"欧洲蕨色的眼睛"的白猫。卡特后来与保罗渐行渐远，在 1969 年以小说《数种知觉》（*Several Perceptions*）赢得毛姆文学奖（Somerset Maugham Award）后，她便拿着奖金来到日本旅行。在东京休憩的两年间，她养了一只黑白橙三色的猫以抵御孤独。卡特还一度在伦敦的家里养了两只名为阿德莱德（Adelaide）和褚伯勒（Chubbeleigh）的鸟儿。她让他们在客厅里自由飞翔，把猫咪科克尔（Cocker）和蓬斯（Ponce）关在花园里垂涎欲滴。"我和猫很投缘，因为我的一些祖先是女巫，"

她在 1974 年写道，"每当我们觉得能安定下来了，我们就要养些猫。"在卡特太过短暂的一生中，猫在其魔幻现实主义的流浪汉小说里举足轻重。她在《染血之室》（*The Bloody Chamber*）里颠覆性地改写著名的童话故事，包括一个"穿靴子的猫"（Puss-in-Boots）的成人版本。她的两本儿童书《滑稽而好奇的猫》（*Comic and Curious Cats*）和《海猫与龙王》（*Sea-Cat and Dragon King*）也以猫为主人公。卡特还会在明信片上用铅笔和蜡笔画上猫，注入自己的艺术精神，然后寄给朋友们。

安·M. 马丁
ANN M. MARTIN

　　90 年代的孩子都知道安·M. 马丁是 1986 年到 2000 年间出版的 "保姆俱乐部"（Baby-Sitters Club）系列的作者。马丁笔下的青少年主人公和他们面对的许多遭遇都基于真实人物和马丁自己的童年记忆。马丁建构的宇宙里有许多只虚构的猫咪，《马洛里和鬼猫》（*Mallory and the Ghost Cat*）的主人公就是其中一只，保姆俱乐部的创始人克丽丝蒂（Kristy）也养了一只名为不不（Boo-Boo）的猫。马丁现在和她的猫古西（Gussie）、皮平（Pippin）和西蒙（Simon）一起住在纽约北部的哈德逊河谷（Hudson Valley）。她大部分的空余时间都用来为美国爱护动物协会（ASPCA）代养猫咪。在秃鹫（Vulture）网站 2016 年的一篇访谈中，马丁说道："我照顾他们就像是保姆在照顾小孩。"

阿努贾·乔汉
ANUJA CHAUHAN

印度最受欢迎的通俗文学作家之一阿努贾·乔汉的写作生涯从为"百事"之类的公司写广告开始。之后，她专注创作以女性为主人公的小说，例如粉丝最爱的《卓娅因子》（*The Zoya Factor*）。据《印度报》（*The Hindu*）报道，乔汉在班加罗尔（Bangalore）城外的家中养了许多动物，她每天起床的第一件事就是与他们玩耍。"除了两只狗，我们还有两只猫，一些豚鼠、蟾蜍，以及在我们游廊的每一个灯罩下筑巢的许多只鸟儿，"她分享道，"所以我会在花园里闲逛一会儿，与自然相遇。"乔汉的猫咪朋友们偶尔也会在她的照片墙（Instagram）上露脸（@anuja.chauhan），把关注者的注意力从她的狗狗们身上偷走。

贝里特·埃林森
BERIT ELLINGSEN

　　贝里特·埃林森的处女作《还未天黑》（*Not Dark Yet*）是一本具有人文关怀的内省、克制而激烈的小说，但是这位韩裔挪威作家却不总是如她的小说那般严肃，这要归功于她明亮的蓝色缅因猫多蒂（Dotty）（就是图中这只）。埃林森告诉我："她在家里到处跟着我，在我的腿上一睡就是几个小时，还会要求我把她抱在身上（在她觉得被忽略的时候）。" 这位手推车奖（The Pushcart Prize）以及英国科幻小说奖（British Science Fiction Award）的提名作家似乎与多蒂有着超自然的联系，多蒂可以喵喵叫着回答她的问题。多蒂太黏埃林森了，她在书桌前写作时，多蒂就睡在桌上的猫床里。"如果她醒来的时候，我没及时把她抱在怀里，她就会用爪子挠我的肩膀，"埃林森说，"我的所有 T 恤，时间一长，肩膀处就会有多蒂挠的洞。有一次我把多蒂抱起来，她就想直接躺在我的肩膀上，但那样太重了不好打字，所以我工作的时候她就得回她的猫床里去。"虽然多蒂和她的人类感情很好，但她讨厌别的猫，甚至会到邻居家里去和他们的两只猫打架，并因此获得了"黑武士多蒂"这个滑稽的外号。"大部分时候，我都以'世界上最黏人的猫'来称呼多蒂。"

贝弗利·克利里
BEVERLY CLEARY

风靡网络的猫咪表情包接力"合我口味我就坐"（If it fits I sits）②用猫咪的话来说就是："我要坐在这里了，因为我是只猫——而且因为我能。"而纽伯瑞儿童文学奖（Newbery Medal）的得主贝弗利·克利里深知，这其实也是猫在试图引起人们的注意。爱猫的克利里在几十年间养了好几只猫咪，其中一只据说会坐在她的打字机键上求关注。克利里备受喜爱的 1973 年的书《袜子》（*Socks*）讲述的就是一只白色小爪的斑纹猫在家中迎来新生儿后备感冷落而开始调皮捣蛋的故事。克利里故事的灵感来源都是她自己的生活经历，她也书写严肃的现实问题——包括失去宠物。在《永远的拉蒙娜》（*Ramona Forever*）中，家庭的爱猫小挑剔（Picky-Picky）去世了，克利里呈现了一对姐妹如何温柔地安排他的葬礼，并在之后照顾彼此的情绪。

冰心
BING XIN

　　中国作家冰心（原名谢婉莹）在七十余载的写作生涯中，出版了多种多样富于想象力的作品，包括诗歌、小说和散文，因而成为中国最重要的早期现代女作家之一。她的作品以对童年、自然与社会浪漫而细腻的观察为特色。在这位作家的许多照片里，都有一只毛茸茸的猫陪在她身边，保护着她的手稿，冰心以深沉的文字寻求真理，而他就是她这一路的同伴。

卡洛斯·蒙西瓦斯
CARLOS MONSIVÁIS

　　墨西哥新闻记者和激进人士卡洛斯·蒙西瓦斯是他那个时代最杰出的文化批评家和知识分子。蒙西瓦斯对墨西哥的社会和政治议题表现出热切的关注，而他在墨西哥城的家中被拍照或是摄像时，他养的许多只猫咪中的一只经常坐在他杂乱的书桌上对着镜头摆姿势。作为一名以古怪著称的作家，蒙西瓦斯也相应地给他的猫起了极不寻常的名字：皮奥·诺诺阿尔克（Pío Nonoalco）、卡梅莉塔·罗梅罗（Carmelita Romero）、躲躲（Evasiva）、娜娜·妮娜·里奇（Nana Nina Ricci）、乔克罗（Chocorrol）、后现代（Posmoderna）、毛绒迷恋物（Fetiche de peluche）、栅栏上的弗雷·加托洛梅（Fray Gatolomé de las bardas）、不受控的修女（Monja desmatecada）、战争焦虑（Ansia de militancia）、奥吉尼亚小姐（Miss oginia）（她在快要被安乐死时被蒙西瓦斯救下来了）、厌食症小姐（Miss antropía）、被忽略的案例（Caso omiso）、祖莱玛·马拉伊玛（Zulema Maraima）、贞洁誓言（Voto de castidad）、巧言妙语猫（Catzinger）、墨西哥的危险（Peligro para México）以及茶杯还是猫咪（Copelas o maullas）。伟大神话（Mito Genial）是他最爱的猫咪之一。这个名字据说是在放肆地指涉财政部部长对20世纪90年代通货膨胀的形容。这只猫和这位作家心心相印，在2010年猫咪去世两天后，作家就跟着离世了。蒙西瓦斯还创立了一个名叫"被遗忘的猫"（Gatos Olvidados）的流浪猫基金会，并一直为之慷慨捐赠。

查尔斯·布可夫斯基
CHARLES BUKOWSKI

　　"我不喜欢命令式的爱、需要寻找的爱。"《样样干》（*Factotum*）的作者查尔斯·布可夫斯基在给朋友卡尔·魏斯纳（Carl Weissner）的信中写道。"爱必须走向你，像一只守在你门外的饥饿的猫。"如果要说布可夫斯基爱什么的话，那就是他的猫了。这位在作品里以一个叫亨利·柴纳斯基（Henry Chinaski）的酒鬼为替身的诗人和小说家以刚强示人，却对有灵性的动物们格外温柔，他在受猫咪启发而作的诗歌《我的猫》（"My Cats"）中指出，他们是他的老师。布可夫斯基关于其猫咪弟兄们的创作既有深情的，也有无礼的，例如这首名为"看这只猫的蛋蛋"（"Looking at the Cat's Balls"）的滑稽的、名副其实的诗。布可夫斯基的个人猫舍里有一只名叫马恩岛（Manx）的白色无尾猫，他为他创作了《一个强悍的混蛋的历史》（"The History of a Tough Motherfucker"）这首诗。还有一只只剩一个耳朵的公猫，有着非常文艺的名字：布奇·凡·高·阿尔托·布可夫斯基（Butch Van Gogh Artaud Bukowski）。以及汀（Ting），他会和这位作家一起坐在打字机旁。布可夫斯基在 1987 年和演员肖恩·潘（Sean Penn）的访谈中说："身边围绕着许多猫的感觉很好。如果你感觉很糟，就看看猫，便会觉得好些了，因为他们知道世间事大抵如此。没有什么好激动的。他们就是知道。他们是救世主。你养的猫越多，你就能活得越长。如果你养一百只猫，你会比养十只猫多活十倍的时间。总有一天人们会发现这一点，然后每一个人都会养一千只猫，长生不老。这很荒谬，却是真实的。"

切斯特·海姆斯
CHESTER HIMES

切斯特·海姆斯被视为美国黑人犯罪小说的鼻祖，他写作的故事映射着他身边所充斥的真实的暴力与种族歧视。"在美国，暴力就是公共生活，是一种公共的生活方式，它成了一种形式，一种侦探小说的形式，"他曾这样说道，"所以我觉得黑人作家都应该涉猎侦探小说这个形式。"能将海姆斯从混乱的日常生活中暂时解救出来的，是他的猫们，尤其是那只名叫格里奥（Griot）（即图片中这只）的蓝色重点色暹罗猫。"格里奥的名字来源于西非国王宫廷里的魔术师。"海姆斯在 1972 年的一场访谈中说。海姆斯旅行时，格里奥常伴左右。如果这位《他如果叫喊，就放他走》（*If He Hollers Let Him Go*）的作者没有带上格里奥同行，他肯定要付出代价。海姆斯 1971 年在德国斯图加特接受访谈时说，他不能离家太久，因为格里奥"肯定会毁掉家里的工作室，把书都咬碎"。格里奥去世后，海姆斯养了一只名叫德罗（Deros）的猫，他很爱她甜美的性格。

柯莱特
COLETTE

　　猫有九条命，而法国小说家柯莱特［原名茜多妮-加布里埃尔·柯莱特（Sidonie-Gabrielle Colette）］则有九种生活。她是诺贝尔文学奖提名作家，作品给人以感官上的享受，时而淫秽，例如 1944 年的中篇小说《琪琪》(*Gigi*)；她曾是歌舞杂耍表演者；她是巴黎先锋思想界和艺术圈里会与女性发生风流韵事的人物；她是妻子和母亲；她是回忆录作者；她是为女性发声的重要文学家；她是一战期间的记者；她也是一位热忱的爱猫人士。"我若是走进房间，发现你和你的动物们正单独待着，我会觉得自己碍事了，"她的第二任丈夫这样跟她开玩笑，"总有一天你会退居到一片丛林里。"这个放荡不羁的作家把自己的猫咪缪斯们视为神话般的存在，而不仅是家庭宠物。他们象征着她自己。柯莱特的短篇小说《母猫》（*La Chatte*）细述了一个男人、一个女人和一只名叫萨哈(Saha)的猫之间的三角恋故事。她的独幕剧集《吠叫与呼噜》（*Dialogues de Bêtes*）也讲述了值得明星角色的猫的故事。"没有哪一只猫是普通的。"她曾这样说道。

多丽丝·莱辛
DORIS LESSING

写作了《金色笔记》（*The Golden Notebook*）的诺贝尔文学奖得主、出生于伊朗的英国小说家多丽丝·莱辛在南罗得西亚（southern Rhodesia）[现在的津巴布韦（Zimbabwe）]的一个农庄上长大，所以很喜欢动物，尤其是猫。"有猫是多么奢侈的享受啊，日常中带给你震撼而惊心的愉悦时刻，野兽的气质，轻柔滑过手掌的光滑，在寒夜醒来时的温暖，就算是再普通不过的猫都拥有的优雅与魅力，"莱辛曾如此说道。"一只猫穿过你的房间，在他孤傲的步伐中，你看见了美洲豹，甚至是黑豹，或许在他转头注意到你时，他双眼里的黄色光焰正告诉你，他这个家庭朋友，这个你一轻抚、一摸他下巴或挠他头就发出呼噜声的猫，其实是位多么稀有的异域贵客。"莱辛曾在一篇短回忆录里提及她最爱的名为大帅（El Magnifico）的猫，回忆录就以这个小野兽的名字命名。"跟我交流最流畅的猫就是大帅，"她在 2008 年告诉《华尔街日报》（*Wall Street Journal*），"他真的很聪明。我们会专门尝试以对方的方式沟通。他知道我们在尝试。但在关键时刻，交流还是比较有限的。"莱辛其他的以猫为中心的书包括 1967 年的《特别的猫》（*Particularly Cats*）和 1993 年的《特别的猫和幸存者鲁弗斯》(*Particularly Cats and Rufus the Survivor*)，后者提到了莱辛半暹罗血统的名为灰猫（Gray Cat）和黑猫（Black Cat）的两只宠儿。

伊迪丝·希特维尔
EDITH SITWELL

　　会为自己的一些先锋作品谱曲的英国诗人伊迪丝·希特维尔出奇地古怪，喜欢顽皮的幽默、巴洛克时尚和猫。希特维尔曾经在床上召开过新闻发布会（当然，她戴了一顶精美的帽子），还分享了她的三只猫的照片：影子（Shadow）、利奥（Leo）和比雷克（Belaker）。"他们从不说蠢话，你瞧，这很了不起。"她曾对记者说道。希特维尔在她 1965 年的自传《关照》（*Taken Care of*）里讲述了她年轻时和兄弟们一起编辑 1916 年的诗集《轮子》（*Wheels*）的故事，她曾把一位满怀抱负的作家的手稿给她的猫作床内衬。1962 年，在马克·格尔森（Mark Gerson）——一位备受爱戴的专为作家拍照的摄影师——为她拍摄肖像照后，希特维尔给这位艺术家写信道："感谢你给我寄来利奥的那些美丽的照片。你把他拍得如此有气魄：所以，不管我的那些照片有多漂亮，都应该是利奥登上《书与文人》（*Books and Bookmen*）[杂志]的封面。"

埃莉诺·格林
ELINOR GLYN

"有'魅力'的幸运儿必须能够男女通吃，"英国小说家埃莉诺·格林在她 1927 年的小说《魅力》(*It*)中写道，"在动物世界里，'魅力'体现在老虎和猫的身上——两种动物都迷人而神秘，也都桀骜不驯。"格林那有伤风化的情爱小说针对女性受众，使得术语"魅力"(It) 成为另一种表达妙不可言的气质 (*je ne sais quoi*) 的方式而风行一时。格林那写于 1907 年的不体面的情色小说《三周》(*Three Weeks*) 据说是基于格林与阿利斯泰尔·英尼斯·克尔勋爵 (Lord Alistair Innes Ker) 的风流韵事，后者是罗克斯伯勒公爵 (Duke of Roxburghe) 的弟弟，比格林小 16 岁。这位特立独行的作家放纵的生活方式似乎也适用于她的猫。她经常被拍到与两只绒毛华贵、橘子酱色的猫一起，他们名叫老实人 (Candide)（图中的这只）和查第格 (Zadig)，名字是为了致敬法国作家和哲学家伏尔泰 (Voltaire)。③

伊丽莎白·毕肖普
ELIZABETH BISHOP

当她的同僚们都致力于自白式写作方式时，普利策奖获奖诗人伊丽莎白·毕肖普却谨慎地对待自己的作品，隐藏个人生活的细节。不过，照片能隐藏的却是有限的。很显然，这位诗人和猫在一起时怡然自得。她曾为自己的猫米诺（Minnow）写了首摇篮曲，她的《电风暴》（"Electrical Storm"）一诗也是关于她名为托拜厄斯（Tobias）的巴西猫的，他很怕雷声和闪电。她曾谈起自己心爱的小野兽："［他］无时无刻不在捕猎，而且几乎是个太善良的屠夫——会把老鼠的胆囊和其他他不吃的部位整齐地排放在客厅的地上。"

欧内斯特·海明威
ERNEST HEMINGWAY

　　欧内斯特·海明威恐怕是最著名的作家猫奴了，照片中他正和他的猫咪克里斯托弗·哥伦布（Cristóbal Colón）在一起。这位《老人与海》（*The Old Man and the Sea*）和《丧钟为谁而鸣》（*For Whom the Bell Tolls*）的作者无论何时都拥有几十只猫。"只要有了一只，就会有下一只，"他在 1943 年给他第一任妻子哈德利·莫勒（Hadley Mowrer）的信中写道，"地方太大了，根本就不像是有很多只猫，直到喂食的时候，他们全出动了，像大规模的迁移。"海明威的猫总是能得到最好的照料，他们在这位作家古巴的家中甚至有自己的客房。他的大部分猫——或者用他喜欢的称呼"呼噜工厂"和"爱的海绵"——都可以在这个热带居所里自由活动。是的，"老爹"④海明威是一位无与伦比的猫爸。海明威的侄女希

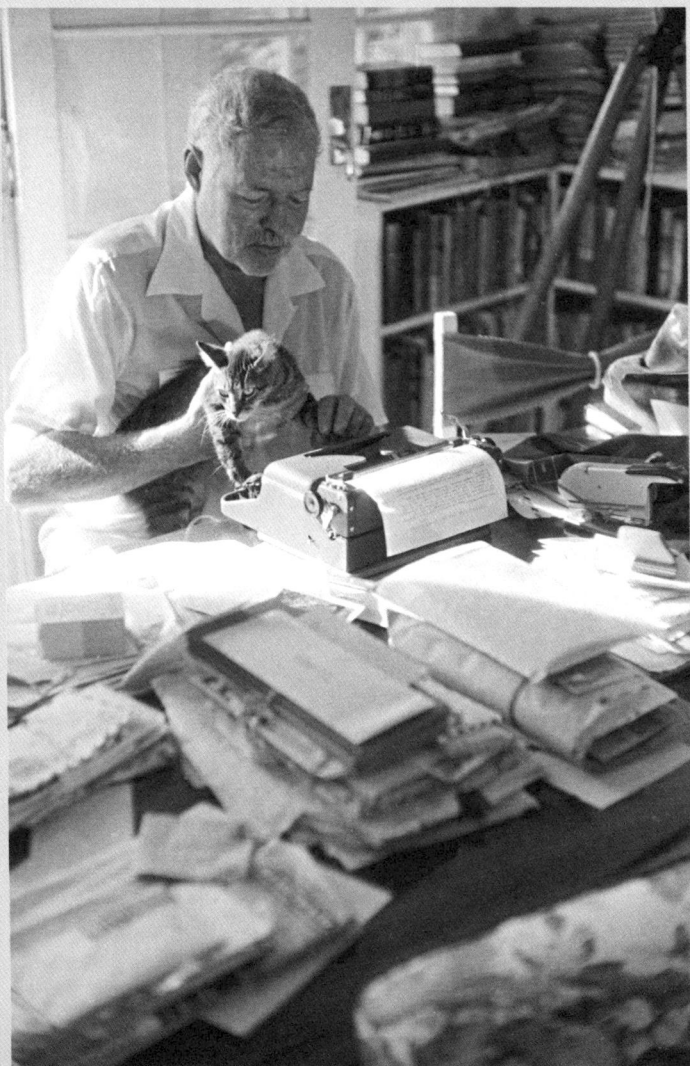

拉里·海明威（Hilary Hemingway）曾为卡林·弗雷德里卡·布兰能（Carlene Fredericka Brennen）的《海明威的猫》（*Hemingway's Cats*）一书撰写前言，她这样描述他著名的伯伯：

> 在大部分人心里，欧内斯特·海明威的形象是一个铁血的猎人或者渔夫……毋庸置疑的是，老爹一边沿着蜿蜒的河流远足一边捉鱼时，或是躲在非洲的灌木里看他的猎物时，他总是在努力提升自己对动物的了解。他研究他们的自然栖息地，分析他们的迁移和摄食习惯，观察他们一生的身体变化，并且，和约翰·奥杜邦（John Audubon）一样，海明威经常杀死他研究的动物。他先

在他们活的时候钻研他们，再在他们死的时候检查他们，他的作品总是包含猎人与猎物间的神秘联结。

海明威的猫咪大家族在他死后继续生活在佛罗里达基韦斯特（Key West, Florida）的海明威故居博物馆（Ernest Hemingway Home and Museum）里。在那里，你能找到40到50只多趾（六趾）猫，全部以名人的名字命名。故事是这样的，海明威曾经从一个船长那里得到一只名为白雪公主（Snow White）的白色的六趾猫。这些现居博物馆的猫全是白雪公主的后代。

海明威曾这样描述他众多的猫咪朋友们："猫能做到情感上的绝对坦诚。人，出于这样或那样的原因，总会隐藏自己的感觉，但猫不会。"

吉莉恩·弗林
GILLIAN FLYNN

　　吉莉恩·弗林是新闻行业出身，童年又充满了书和恐怖电影［一遍遍的《惊魂记》（*Psycho*）］，所以她似乎注定要成为一名挖掘社会黑暗涌流的小说家。她的国际畅销小说《消失的爱人》（*Gone Girl*）由大卫·芬奇（David Fincher）搬上银幕，成为大热电影。电影的获奖剧本由弗林亲自操刀，她也成为将自己的书成功改编为电影剧本的作家之一。黑猫似乎很适合描写吸睛的女性反派、连环杀手、致命的撒旦邪教的弗林，但她拒绝这个瘆人的偏见。罗伊（Roy）（照片中的这只）是弗林童年起养过的四只黑猫中的一只。"我坚信黑猫是最棒的：深情、悠闲、贴心，"她这样告诉我，"罗伊是只狗一样的猫。我们回家时他会小跑过来迎接。我们一坐下他就懒洋洋地趴在我们腿上。你可以三个房间开外就听到他的呼噜声。"如果你想知道是谁创作了弗林写实的心理惊悚小说中最激烈的部分，答案一定是弗林那有着利爪的写作搭档："罗伊'帮助'我写作了最近的两本书和我所有的剧本。他喜欢坐在键盘上，打出'GY*T^&$$^R^&h&&G!!!'这类东西。现在我在跑步机书桌（tread desk）前工作，他就坐在边上看着我。他是个非常贴心的哨兵。"

格洛丽亚·斯泰纳姆
GLORIA STEINEM

　　国际知名记者格洛丽亚·斯泰纳姆是《女士》（*Ms.*）杂志的联合创始人。她是 20 世纪六七十年代女性解放运动的领袖，至今仍是女性主义运动的关键人物，为女性寻求生活中各方面的平等铺平了道路。斯泰纳姆认为，女性乐意做什么，就应该去做什么，在这一点上她的猫也深以为然。斯泰纳姆家中的猫咪朋友里有一只叫疯狂爱丽丝（Crazy Alice）（照片中的这只）。斯泰纳姆告诉我："她成长为了一个神秘而固执的伙伴。" 这位激进人士尤其

喜欢她已过世的灰色波斯猫玛格丽特（Magritte）。"她是我一生至爱的猫……玛格丽特教会我树立坚定的意志、做自己的权威……当许多女性来到家中围成圆圈坐下来开会，她就会变成一位专注的参与者，在一张大椅子的扶手上一坐好几个小时。连本不喜欢猫的人，都被玛格丽特征服了。"斯泰纳姆现在的伙伴是一只长毛的、灰白色的埃及猫，她在开罗被人救起，因为事故失去了她的左后爪。她的名字叫芬迪（Fendi），不是指意大利的高级时装品牌。这个昵称很有可能是"阿芬迪"（Effendi）或是"阿芬迪姆"（Efendim）的简称，斯泰纳姆解释说这个词在希腊语、波斯语和阿拉伯语里是对有社会地位的人的尊称。虽然只有三条腿，但这并不妨碍芬迪成为新家的主人翁。"我开会的时候，她会在玛格丽特曾坐着的椅子扶手上也坐上好几个小时，望向每一位发言的女性，也俨然成了她们当中的一员，"玛格丽特分享道。"我在书桌前工作，她会爬上我的大腿，或爬上书桌，或是在我阅读时爬上沙发……她只吃有很多肉汁的食物。她非常高雅，是行走的艺术品。"玛格丽特相信猫是"作家最理所当然的、再合适不过的伙伴"。

村上春树
HARUKI MURAKAMI

在一篇名为"一只老猫的秘密"［"Choju Neko no Himitsu"（"The Secret of an Old Cat"）］的短文中，日本备受欢迎的小说家村上春树讲述了他如何请求出版公司讲谈社（Kodansha）的一位主管在自己旅行期间帮忙照顾他的猫。为了还这个人情，村上保证会为此出版社专门创作一本小说。这本小说就是 1987 年的畅销书《挪威的森林》（*Norwegian Wood*），关于一个东京的大学生与两位女人截然不同的两段

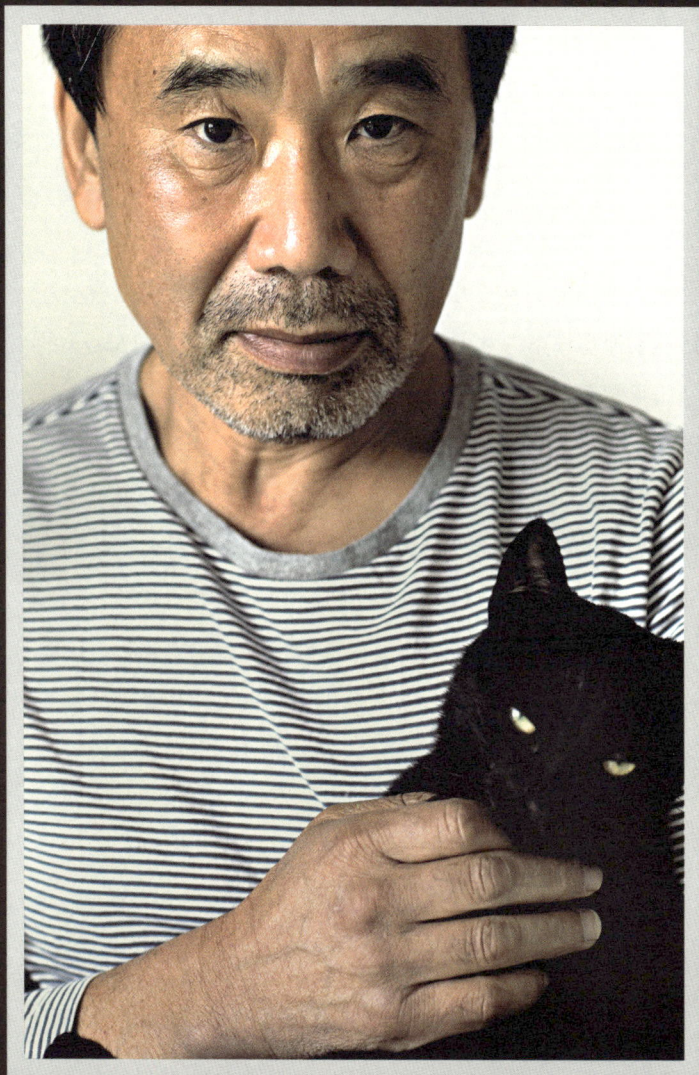

关系。他因此书在文坛一举成名。在同一篇短文中，村上还讲述了他写作第一本书《且听风吟》（*Hear the Wind Sing*）的经历："我仍清楚地记得我在夜间写第一本小说的日子，猫盘在我的腿上，我一边抿着啤酒。那猫显然不喜欢我写小说，经常在书桌上破坏我的手稿。"被广泛认为是当今最重要的作家之一的村上经常在小说中写猫——有时是看似乏味的细节，有时却是神秘的象征或预兆。他的书《奇鸟行状录》（*The Wind-Up Bird Chronicle*）就以一只失踪的猫为重要角色；《海边的卡夫卡》（*Kafka on the Shore*）中有一位能与走失的猫交流的人物；短文《吾猫之死》（"On the Death of My Cat"）

则分享了村上自己与他生活中多位猫咪缪斯的故事：基林（Kirin）、布奇（Butch）、太阳舞（Sundance）⑤、鲭鱼（Mackerel）、斯科蒂（Scotty）、三花（Calico）、彼得（Peter）、布莱克（Black）、鸢丸（Tobimaru）、油炸丸子（Croquette）和（贴切的）缪斯（Muse）。1974 年，村上身为一名有着令人眼红的唱片收藏的爵士乐迷，在东京郊区开了一家名为"彼得猫"（Peter Cat）的俱乐部，名字来自他的猫。这个地方在 1981 年关闭了。顾客们白天来喝喝咖啡，晚上用餐、喝酒和享受现场的爵士乐。村上经常会当调酒师，自己打扫卫生，并做 DJ。俱乐部内还装点了无数猫咪主题的饰品和小雕像。

海伦·格利·布朗
HELEN GURLEY BROWN

"小猫咪"是海伦·格利·布朗最喜欢对别人使用的爱称——不管是对朋友还是陌生人——这个表达洋溢着温暖与亲密。这个词本身也成为这位《大都会》(*Cosmopolitan magazine*)终身主编的个人标志。有时，她甚至会画只猫当作签名。布朗为现代的单身女强人写作。她时常引起争议的畅销书 [例如 1962 年的《性与单身女孩》(*Sex and the Single Girl*)] 告诉女人她们可以拥有一切：爱、性、经济独立、华丽的服装以及享乐时不再有负罪感。这样精致的生活绝非梦境；布朗就拥有这样的生活。她经常在自己时髦的公园大道(Park Avenue)公寓里拍照，和她两只名为萨曼莎(Samantha)和格雷戈里(Gregory)的巧克力重点色暹罗猫一起。20 世纪70 年代，《大都会》的吉祥物和徽标是一只名为宝贝(Lovey)的粉红色卡通猫咪，打着大大的红色领结。当布朗于 2012 年去世时，宝贝的图像被刻在她的墓石上。

亨特·S. 汤普森
HUNTER S. THOMPSON

　　1966 年，刚左新闻记者亨特·S. 汤普森以《地狱天使：非法摩托车帮派的新奇恐怖故事》（*Hell's Angels: The Strange and Terrible Saga of the Outlaw Motorcycle Gangs*）一书开启了自己的出版生涯。这本非虚构小说毫不妥协地审视了一个臭名昭著的摩托车俱乐部。汤普森曾以身犯险，深入调查它。1967 年，汤普森用他的版税在科罗拉多州（Colorado）的一块土地上买了一栋双层木屋。汤普森将他的这个"根据地"命名为猫头鹰农场（Owl Farm），因为他众多的笔名中有一个叫塞巴斯蒂安·猫头鹰（Sebastian Owl）。在那里，这位《拉斯维加斯的恐惧与厌恶》（*Fear and Loathing in Las Vegas*）的作者要么练习射击，坐在窗边的有利位置开枪警告闯入者，要么爆炸他老旧的瓦格尼尔吉普车（是的，真的爆炸），剩下的时间就是照顾在他领地附近游荡的动物们，包括孔雀、一只德国牧羊犬以及两只名为恺撒（Caesar）和佩莱（Pele）的暹罗猫。汤普森的遗孀安尼塔·贝慕可（Anita Bejmuk）说这两只猫是这位作家的"宝宝"。

艾丽丝·默多克
IRIS MURDOCH

英国小说家马丁·艾米斯（Martin Amis）曾这样描述《在网下》（*Under the Net*）和《钟》（*The Bell*）的作者艾丽丝·默多克："她的世界因信仰而发光发热。她相信一切：真爱、真实的幻象、魔法、怪兽和异教神灵。她不会告诉你家里的猫长什么样，或是他们有什么情绪：她会告诉你他们在想什么。" 默多克的作品关注角色的内心——我们可以想象这位作家如何观察身边的猫咪，并在脑海里创作关于他们神秘的动物生活的故事。猫咪最终会出现在她的书中，例如《好与善》（*The Nice and the Good*）。在童年时代，默多克的家里有好几只猫，比如虎斑（Tabby）和丹尼男孩（Danny-Boy）（他喜欢在窗沿上对着外面的鸟儿低吼）。默多克的父亲也是一位爱猫人士，每晚上床前会对家里的猫道晚安。默多克和丈夫约翰·贝里（John Bayley）间一个永恒的拌嘴段子是，他们会告诉同一个朋友："我不喜欢猫，但是 [艾丽丝 / 约翰] 喜欢。"

大佛次郎
JIRŌ OSARAGI

　　如果你要去日本人口第二密集的城市横滨（Yokohama）旅游，请一定把大佛次郎纪念馆（Osaragi Jirō Memorial Museum）加入你的行程。昭和时代（1926—1989 年）的作家大佛次郎以《归乡》（*Kikyo*）和《赤穗浪士》（*Ako Roshi*）等小说闻名，这个他生前的家展览着他的手稿和首版的著作。这座建筑极具特色的一个设计是每个角落都有大量的猫咪装饰、照片和收藏品。参观者可以想象这位作家在露台上写作，欣赏花园的美景，猫咪可能正在花园里嬉戏。说大佛次郎是位爱猫人士简直是太过轻描淡写。估算下来，他一生大约照料了 500 只猫。据说大佛次郎有两栋房子，其中一栋专门给几十只猫咪居住。

豪尔赫·路易斯·博尔赫斯
JORGE LUIS BORGES

"你属于另一种时间 / 你是王者 / 在如梦般隔绝的地方。"豪尔赫·路易斯·博尔赫斯在他的诗作《致一只猫》（"To a Cat"）中写道。这位阿根廷诗人、散文家和短篇小说家使得拉丁美洲文学得到了更多的重视。他谦恭的一生有好几只猫相伴，其中一只大体型的白猫叫作贝珀（Beppo），取自拜伦勋爵（Lord Byron）诗作中一个迷航在大海上的男人的名字。博尔赫斯为这个伙伴创作了自己的诗："一只白猫孤身检视自己 / 在镜子目光炯炯的玻璃中 / 不曾察觉面前的白色 / 和他未曾见过的金色双眼 / 是他自己的形象在房子中悠然漫步 / 谁也未可知，那观察着他的猫 / 或许只是镜子做的梦？"

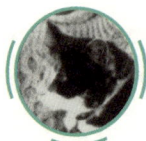

朱迪·布鲁姆
JUDY BLUME

《你在吗上帝？是我，玛格丽特》（*Are You There God? It's Me, Margaret*）的作者朱迪·布鲁姆的生活中不能没有动物。"我们养过一只很棒的三花猫，活到了 16 岁，"布鲁姆在她的网站上写道，"现在轮到我的孩子们养宠物，我们可以去拜访他们。"布鲁姆甚至称她儿子拉里（Larry）的狗穆奇（Mookie）是她的"狗孙子"。朱迪曾在 1978 年与她邻居的猫合影（此照片）。很遗憾，朱迪自己的猫香奈儿（Chanel）在那个时候跑丢了。但这位以直率的写作风格挑战青少年性话题的青年小说家还是时不时在书中加入猫，比如 1977 年的《萨莉·J. 弗里德曼饰演自己》（*Starring Sally J. Freedman as Herself*）中的猫奥马尔（Omar）。

胡利奥·科塔萨尔
JULIO CORTÁZAR

　　诗人和翻译家史蒂芬·凯斯勒（Stephen Kessler）曾这样谈起胡利奥·科塔萨尔："对他来说，文学评论家的观点的可信度和自己的猫的看法差不多。"凯斯勒在 2016 年将这位阿根廷长篇和短篇小说家的实验性诗作翻译为《拯救暮色》（*Save Twillight*）一书，首次让英语读者接触到了他的诗。在《八十个世界一日游》（*Around the Day in Eighty Worlds*）一书中，科塔萨尔透露了他为什么对猫咪如此痴迷："我有时渴望寻到一个和我一样不太适应自己年纪的人，但这样的人太难找了；但我很快发现，我可以想象自己这样的状况在猫的身上发生，也可以经常在书里找到。"书中还提及了这位《跳房子》（*Rayuela*）的作者以德国社会学家和哲学家的名字命名的猫西奥多·W. 阿多诺（Theodor W. Adorno）（照片中的这只）。

卡齐姆·阿里
KAZIM ALI

"猫和作家都倚赖直觉、喜好孤独，"诗人、编辑和散文家卡齐姆·阿里对我说，"我的猫和我一样，性格既有外向的一面，也有内向的一面。猫和作家会给予彼此空间，但他们也知道对方什么时候需要爱与关注。" 阿里出生在英国，父母是有印度、伊朗和埃及血统的穆斯林。他一工作就是很多个小时，并且喜欢同时处理好几个项目。在这位《奎因的旅程》（*Quinn's Passage*）和《赛思的消失》

（*The Disappearance of Seth*）的作者开启写作马拉松时，猫经
常陪伴着他。阿里已故的爱猫源氏（Genji）（照片中的这只）
从前会在阿里工作时趴在他的椅背、大腿或是手臂上。而这
位作家则会把源氏放进一个纸袋或帆布袋里，挂在椅背上，
这样不仅重新占领了书桌，也保证了猫咪满意。"他会在袋
子里舒服地待上 45 分钟左右，让我安心地打字。"阿里说。
阿里给他的猫咪取的名字很自然地和文学有关：

　　我们叫他源氏，取自那本日本经典小说中的传奇人
物光源氏，因为他总是试图依偎在每一个人身上。和故

事中的源氏一样，他会在天黑后溜上床，有时甚至钻到被子下面来找我。他会像人一样躺在我边上，头枕着枕头，身体靠着我的躯干，爪子搭在我的胸前，腿架在我的腰上。他去世后，我很痛苦，一个朋友说，猫和人一样，却绝不是一般的人：他们是我们的孩子、我们的室友、我们最好的朋友。他说的是对的。

如今，掌管阿里家的是源氏的养妹妹麦格教授（Professor Minerva McGonagall），或是简称米努（Minu）（一只有着白下巴和白爪子的棕灰色斑纹猫，她的名字非常"哈利·波特"）。

莉莲·杰克逊·布劳恩
LILIAN JACKSON BRAUN

莉莲·杰克逊·布劳恩的"猫系列"（The Cat Who...）悬疑故事深受世界各地的爱猫人士的欢迎。这些故事围绕记者吉姆·科威勒伦（Jim Qwilleran）和他那一对无畏的暹罗猫侦探展开。科科（Koko）和啧啧（Yum Yum）［两个名字都来自吉伯特与苏利文（Gilbert and Sullivan）的《日本天皇》（*The Mikado*）］协助"科威"查案。布劳恩的小说布满了有趣的猫咪细节与怪癖。科科要求有龙虾的奢华大餐，啧啧斜视的紫蓝色双眼暴露了她用爪子摆弄东西的强大能力。两只猫通过撞翻重要的书为科威提供断案线索，还会用纱球编织陷阱，抓住坏蛋。布劳恩在1998年接受采访时被问到是否是她自己的猫(照片中的两只)激发了她的创作灵感，她说："我觉得没有我的猫，我根本写不出书。他们每天都会做些让我灵光一现的事儿。他们非常有创造力，他们做的事情帮助我找到新的点子，所以我受我的两只猫——科科三世(Koko Ⅲ)和皮蒂-唱歌（Pitti-Sing）——影响很深。"

○ # 路易丝·厄德里克
LOUISE ERDRICH

　　20世纪60年代后美国印第安文学的重要人物路易丝·厄德里克一共创作了15本小说，多个短篇小说、诗集和儿童读物，以及一本名为"冠蓝鸦的舞蹈"（*The Blue Jay's Dance*）的回忆录——关于做母亲的笑与泪。她这样形容这本回忆录："这本书关乎冲突、猫、写作生活、世界各地的荒野以及我丈夫的厨艺。这本书关乎母亲与婴儿间的生命力，那激情的、艺术的联结，我们向其中注入我们的存在的直接表达。"获得了美国国家图书馆美国小说奖（the Library of Congress Prize in American Fiction）的厄德里克探索印第安与非印第安文化（欧及布威族人在她的书中占据重要的位置），且猫总是出现在她的所有作品中。《纽约客》发表过厄德里克2014年创作的一篇短篇小说，名为"大猫"（"The Big Cat"），关于睡觉打呼声像大猫的一大家子女人。这位作家现在在明尼苏达拥有一间独立书店，名叫"桦皮舟书店"（Birchbark Books），这家书店很像是厄德里克生活中一只特别的猫的优质住宅。

莉迪亚·戴维斯

LYDIA DAVIS

利·本内特（Leigh Bennet）在文学杂志《评焰》(*The Critical Flame*)上写道："只有[莉迪亚·]戴维斯那对语言四处游走的、时常坚韧的关注，能让帘穗、杵、猫、茶包和整个佛罗里达州成为人们迷恋的对象——让我们所有人都成为恋物癖。"戴维斯的猫，例如科林（Colin）（照片中这只），从来都是她的朋友。采访者们经常提到，在这位作家的家中，猫咪会跟他们打招呼。在她的短篇小说/微型小说⑥《监狱休闲大厅里的猫》（"The Cats in the Prison Recreational Hall"）、《老鼠》（"The Mouse"）以及《短元音 a、长元音 a 和非中央元音组成的短暂事件》（"Brief Incident in Short a, Long a, and Schwa"）中，戴维斯展示了她对细节的执念——包括猫咪的来来去去。她的合集《不行和不想：故事》（*Can't and Won't: Stories*）中有一篇名为"莫莉，母猫：历史/发现"（"Molly, Female Cat: History/Findings"）的故事，戴维斯在其中列了一个滑稽的长清单，考验读者对她猫咪生活细节的耐心："拍尾巴上面一点的位置会叫；小便之前或之后有时会叫；小憩醒来有时会叫。"

○ 玛格丽特·米切尔
MARGARET MITCHELL

　　《飘》（*Gone with the Wind*）的电影改编获得了无限的荣耀，玛格丽特·米切尔关于一位任性的南方丽人的畅销书也赢得了美国国家图书奖和普利策奖。猫和马是米切尔最喜爱的动物，但她的爱并不仅限于他们。米切尔小的时候，她亚特兰大的家里总是有很多动物喧喧嚷嚷，狗［有一只柯利牧羊犬名叫上校（Colonel），取自泰迪·罗斯福的军衔］、两只鸭子［名叫德雷克先生和太太（Mr. and Mrs. Drake）］、乌龟、鳄鱼，还有许多其他动物。米切尔一生都在养猫，她甚至在《亚特兰大杂志》（*The Atlanta Journal*）上写过他们，她在创作自己著名的美国内战小说之前，就在那里工作。

马克·吐温
MARK TWAIN

　　如果有谁称得上是猫咪的狂热爱好者,那一定非马克·吐温莫属。这位《汤姆·索亚历险记》(*Adventures of Tom Sawyer*)的作者曾经写道:"只要一个人爱猫,不需要多余的介绍,我就是他的朋友和盟友。"吐温一共养了——天哪,他真的太爱猫了——三十多只猫。作为一个有讲故事天赋的人,这位古怪的猫咪收藏家的自传是他粉丝的必读书。他曾在自己的黑色爱猫班比诺(Bambino)走失后在所有的报纸上刊登寻猫启事。随便抱了一只猫就赶来的粉丝们在吐温家

门口排起长队，只为了看这位著名的作家一眼。

不过，养猫并不能满足吐温。他还会租猫：

> 很多人希望他们夏日在乡间度假时能有一群猫咪陪伴，但是他们不会付诸实践，因为他们觉得要么得在回城时把猫咪们一起带回去，那他们会变成麻烦和累赘，要么就得把他们留在乡间，那他们只能在外流浪了。这些人不机灵，没有点子，没有智慧，不然他们就会像我一样：在夏天按月租猫，在夏天结束后再把他们还回他们美好的家。

吐温在给他珍贵的猫咪们取名时也一如既往地风趣。他声称这些复杂的名字是为了帮助他的孩子们锻炼发音。吐温的猫群包括阿布纳（Abner）、莫特利（Motley）、流浪基特（Stray Kit）、小姐（Fraulein）、懒懒（Lazy）、水牛比尔（Buffalo Bill）、肥皂萨尔（Soapy Sal）、克利夫兰（Cleveland）、撒旦（Satan）（在去教堂的路上捡到的）——在吐温发现她实际上是个女孩儿后就改名叫罪恶（Sin）了——饥荒（Famine）、瘟疫（Pestilence）、酸饲料（Sour Mash）（据说这是吐温最爱的猫，她"有很多高尚的吸引人的品质，但是归根结底她并不高雅，几乎不在乎神学和艺术"）、阿波利纳里斯（Appollinaris）、琐罗亚斯德（Zoroaster）、废话连篇的人（Blatherskite）、巴比伦（Babylon）、骨头（Bones）、伯沙撒（Belchazar）、创世纪（Genesis）、申命记（Deuteronomy）、赫尔玛尼娅（Germania）、班比诺、阿南达（Ananda）、阿南茨（Annanci）、苏格拉底（Socrates）、粗麻布（Sackcloth）、灰尘（Ashes）、坦马尼（Tammany）、辛巴达（Sinbad）、丹伯里（Danbury）和台球（Billiards）（曾有一张照片，是吐温把一只小猫咪塞进台球桌的角洞里，让他跟台球自娱自乐）。

马龙·詹姆斯
MARLON JAMES

　　凭借 2015 年的小说《七次谋杀简史》（*A Brief History of Seven Killings*）获得布克奖的牙买加作家马龙·詹姆斯形容自己是"每天都在写的作家"。《七次谋杀简史》的写作地点遍布明尼苏达州的所有城市——包括主街（Main Street）的阿斯特咖啡厅 (Aster Café) 和亨

内平县（Hennepin）的尚贝恩咖啡店（Espresso Royale）。"我写作时必须和这个世界有所交流，"他在 2015 年告诉《明州邮报》（*MinnPost*），"我需要活动的嘈杂声。" 世界各地的书店和咖啡店的猫咪们都爱跟这位作家打招呼，依偎在他身上，其中有一只格外疯狂。詹姆斯曾帮忙照顾一只名为汤姆猫（Tom the Cat）的猫咪，他是詹姆斯在纽约华盛顿高地（Washington Heights）的朋友柯特（Kurt）和卡米拉·托梅茨（Camilla Thometz）夫妇的猫。"柯特开过一家书店，所以你可以说 [汤姆] 是纽约的书店传奇猫咪之一，"詹姆斯告诉我，"我想他习惯我了，因为他会跳到我的床上，或者制造个照片炸弹⑦。"可惜的是，汤姆（照片中这只）在度过了"非常漫长的史诗般的一生"后于 2017 年去世了。汤姆和詹姆斯这两个好朋友间的联结十分强大，在汤姆离世前的最后几天，詹姆斯去陪伴了他。"汤姆活了很久，年纪也很大了，去年我收到柯特的信息，说汤姆已经在弥留之际了，很想见见我，"詹姆斯跟我分享道，"我人在纽约，就去见了他。柯特后来告诉我，他不知道我做了什么，但是那只猫咪又振作精神撑了两周。"

尼尔·盖曼
NEIL GAIMAN

英国作家尼尔·盖曼〔《美国众神》（*American Gods*）、《卡罗琳》（*Caroline*）〕自2001年起就在网上写日记。标签"猫"会把你带向盖曼家里许多只猫咪的无数个故事——其中有椰子（Coconut）、公主（Princess）、豆荚（Pod）、赫敏（Hermione）和黑猫弗雷德（Fred the Black Cat）。获奖作品包括漫画小说、电影剧本、短篇小说等的盖曼似乎尤为喜爱一只名叫佐伊（Zoe）的小猫（照片中这只）。"我像是和一束毛茸茸的爱住在一起。14年前，她是我女儿骑马的地方的谷仓猫咪，"盖曼在2001年的一篇博客里写道，"18个月前，我意识到她完全失明了。人们会去阁楼，或睡在她住的卧室，他们爱她，她也爱他们。"摄影师凯尔·卡西迪（Kyle Cassidy）在2010年采访盖曼时问起佐伊。这位《睡魔》（*The Sandman*）的联合编剧告诉卡西迪："我曾经尝试在塔楼里写作，但最后我总是会摸佐伊摸一天。"想要更多关于与猫咪奇遇的故事，可以去看看克里斯托弗·萨尔曼（Christopher Salman）对盖曼的短篇小说《代价》的改编。这部动画电影基于盖曼与一只闯入他家的流浪猫的真实故事，并以这位作家简陋的住所为模型。

派翠西亚·海史密斯
PATRICIA HIGHSMITH

提到《天才瑞普利》（*The Talented Mr.*
Ripley）和《火车怪客》（*Strangers on a Train*）
的作者派翠西亚·海史密斯，人们并不会有
温暖的感觉涌上心头，但她粗粝的性格似乎
会在猫咪的周围柔软下来。比起人类，她似
乎更喜欢猫。海史密斯曾说："不和人说话，
我的想象力就运转得更好。" 为了直面一天

的生活，她总得指望她的宠物给她力量。"我早晨起床，会先泡杯咖啡，然后对我的猫说，我们今天将过得很好。"这位作家在一次采访中告诉纳伊姆·阿塔拉（Naim Attallah）。海史密斯有许多只猫，包括她的巧克力重点色暹罗猫谢苗（Semyon）（他热衷于追自己的尾巴）、萨米（Sammy）、蜘蛛（Spider）、夏洛特（Charlotte）（海史密斯去世后她止不住地哭泣），以及一只她在生日得到的没有取名的"棕色斑纹猫"。 蜘蛛最后被送给了苏格兰作家穆丽尔·斯帕克

（Muriel Spark），斯帕克说："你一看就知道他曾是作家的猫。我写作时他会坐在我边上，神情严肃，我其他的猫早都跑远了。" 在海史密斯的小说里，狗似乎从不会走得很远，但猫总能留到最后。海史密斯还会给她的猫咪们画像，虽然大部分时间她都在写作，猫咪就围绕在她的打字机旁。当被问起一直梦想能在生活中拥有的东西时，海史密斯答道："一栋迷人的两层楼的房子、美味的马提尼酒和搭配法国红酒的丰盛晚餐……一位妻子、书和一只暹罗猫。"

普瑞蒂·谢诺伊
PREETI SHENOY

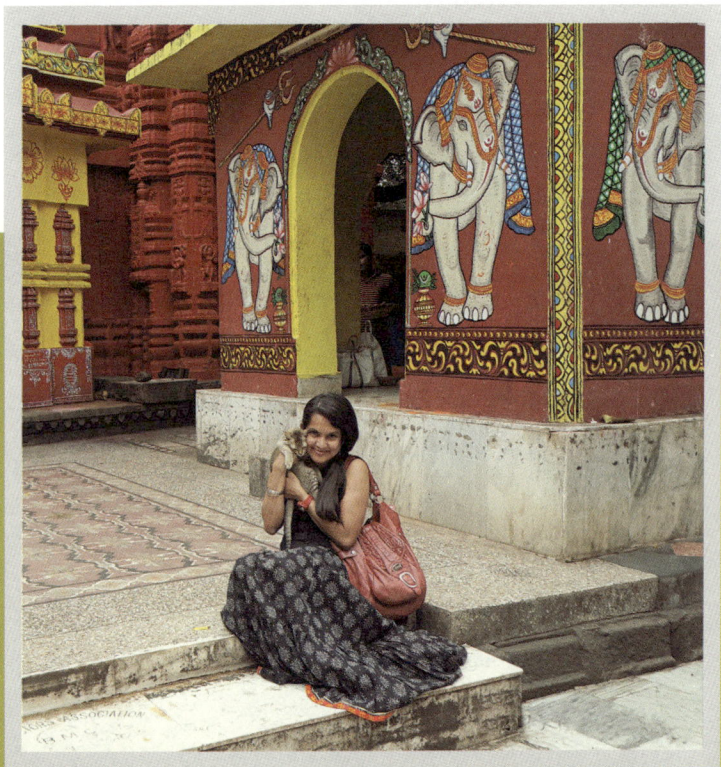

　　印度小说家、艺术家普瑞蒂·谢诺伊的社交网络由一只名为洛斯特里斯（Lostris）的杜宾犬占领，但这位畅销书《生活由你创造》（*Life Is What You Make It*）的作者却有着货真价实的吸猫体质。"猫总是来找我，对我很友好。我最早的童年记忆就是和我们养的一只黑猫在一起，"她告诉我，"我去印度奥里萨邦（Orissa）［现在叫奥迪萨邦（Odisha）］旅行时，发现一座庙里有一个有趣的习俗，人们在那里敬奉猫。"谢诺伊在她的博客上（www.preetishenoy.com）上记录了这次经历，分享了她去供奉湿婆神（凯达斯瓦尔）和女神凯达－谷里的凯达－谷里庙（Kedar-Gouri Temple）［又名凯达斯瓦尔庙（Kedareswar Temple）］的奇妙故事。谢诺伊写道，当地人对猫的信仰源自一个民间故事。一个穷困的农村家庭里饥饿的妻子喝了本是供奉给女神的牛奶，却为了掩人耳目，把自己的恶行推脱到了猫的身上。女神凯达－谷里不忍看到猫被惩罚，便救下了他，封他为"瓦汉"（vaahan）——被提高至神的地位的象征性动物，和神一样被敬奉。这便是庙里住着那么多只猫的原因，人们时常把猫作为礼物送到庙里，表达对女神的尊敬。

雷·布雷德伯里
RAY BRADBURY

　　20世纪50年代后期，著名的猫咪狂热分子雷·布雷德伯里和他的妻子玛格丽特（Marguerite）［玛吉（Maggie）］与22只猫一起居住在他们生活了五十余载的位于洛杉矶切维厄特丘陵（Cheviot Hills）的家里。对于布雷德伯里来说，猫并不只是宠物。他们是他创作过程中必不可少的一部分。"这是关于创造力的重大秘密。你要像对待猫一样对待灵感：你要让它们跟着你。"他在1992年的《写作的禅机》（Zen in the Art of Writing）一书中写道。布雷德伯里的猫，包括杰克（Jack）、赢赢（WinWin）、澳洲野犬（Dingo）、没头脑（Ditzy），大部分都很容易受惊，并不总是露面接客。但当这位《华氏451度》（Fahrenheit 451）的作者来到他堆满了书、玩具和小装饰品的地下工作室里开始写作时，总有一只猫会跟着。他曾说起："我有最喜欢的一只猫，他是我的镇纸，我写作时他就趴在桌上。"

雷蒙德·钱德勒
RAYMOND CHANDLER

《长眠不醒》（*The Big Sleep*）和《漫长的告别》（*The Long Goodbye*）的作者雷蒙德·钱德勒热衷于写信，他可能给朋友、同事和家人写了上百封信件，而且一谈起他的猫就滔滔不绝。1945 年，钱德勒在给詹姆斯·桑德（James Sandoe）的一封信中介绍了与他共同生活了 20 年的猫塔基（Taki）（照片中的这只）：

Dear Sandoe:
That I like This
but to keep it Still

Raymond Chandler
La Jolla 9/14/48

我或许需要提一下，秘书是一只黑色的波斯猫，14岁。我说她是秘书是因为自打我开始写作，她就一直陪着我，总是坐在我想用的纸上，或是我要开始修改的稿子上，有时靠在打字机上，有时就在书桌的一个角落安静地望向窗外，好像在说："兄弟，你做的事简直就是在浪费我的时间。"她的名字是塔基（Taki）[其实是竹子（Take），但我们厌烦了向别人解释这是一个日语单词，意思是竹子，发音应该是两个音节]，她的记性非常好，连大象都望尘莫及。她一般礼貌性地与我保持距离，但有的时候会突然与我争论一通，有一次顶嘴顶了十分钟。我真希望我能听懂她在说什么……但我觉得八九不离十是在用讽刺的语调说"你的水平远不止这样"。我是个不折不扣的爱猫人士（我对狗没有什么意见，除了他们需要过多的陪玩），却从来不能很好地理解他们。塔基总是镇静自若，总是知道谁喜欢猫。她从来不会靠近不喜欢猫的人，但是真正喜欢猫的人，就算来得再迟并且完全不认识她，她也会径直走到人家面前。

钱德勒在给桑德之后的一封信里称塔基"非常专制"和"懒"——当然，是以溺爱的口吻。钱德勒甚至冒充塔基给他朋友的猫们写信。塔基在 1951 年去世后，钱德勒又领养了一只猫，还是取名为塔基，因为他和这位作家的前"秘书"格外相像。

萨拉·琼斯
SARAH JONES

　　萨拉·琼斯是摘得托尼奖的独白者、TED 演讲者、《萨拉·琼斯秀》（*The Sarah Jones Show*）的创造者、与美国联邦通信委员会（Federal Communications Commission）就审查她的诗／歌《你的革命》（"Your Revolution"）斗争到底的说唱诗人和直言不讳的人道主义者。琼斯告诉我，即便忙于自己的女性独角戏，

她仍会腾出时间来陪伴她 14 岁的猫马利（Marley）（照片中的这只）：

马利快要 14 岁了，他像我手掌这么大的时候就跟着我了。我从小就和猫猫狗狗一起长大，都是从救助站接回来的。不过在 2003 年，我路过了一家宠物店，从窗户看见一窝刚出生的喜马拉雅猫。我实在忍不住要进去，没有人忍得住。我从未见过的可爱击中了我——孩子们在央求父母，两对情侣像是在巴尼斯（Barney's）的仓库大减价现场一样争夺一只小家伙。不过在一片争斗中，马利爬上了我的胳膊（如果那算是爬的话；更像是一团可爱得让人难以置信的毛茸茸的小家伙在一下一下地往前弹），依偎在我的肩膀，朝着我的耳朵发出呼噜声。基本上可以说是他自己从我的钱包里掏出了信用卡，自己把自己买下了——我简直等不及要带他回家。但我同时也为购买宠物感到内疚，我支持了一个我觉得不应该存在的体制，尤其是还有那么多的动物需要帮助。我试着不去想，但是"我怎么能够不去想？"这个问题持续了好几天，直到我得到了一个出乎意料的答案。我为了确保马利的健康带他去了兽医院，他们发现他有很严重的先天性心脏病（是繁殖手段造成的喜马拉雅猫中比较常见的一个大问题）。如果我或者其他人没有很快把他带回家，他很可能根本活不下来。所以这些年我一直把马利视为最贵的一次救助，他值我花的每一分钱。

斯蒂芬·金
STEPHEN KING

恐怖大师、恐怖小说作家斯蒂芬·金发表过一些关于家庭宠物和其他动物的令人毛骨悚然的故事。《狂犬惊魂》（*Cujo*）里，一只患狂犬病的狗最终恐吓自己的家人。《宠物坟场》（*Pet Sematary*）里，一个家庭死去的猫又死而复生，只是他……跟之前不太一样了。这个恐怖故事部分的灵感来源是金的猫被车轧死后所发生的真实事件。这只死去的猫被埋在一个宠物墓地里，墓地在金有时会于其间写作的房子后面的林荫小道上。由金编剧的电影《舐血夜魔》（*Sleepwalkers*）的主人公是两足行走的猫人（were-cats）⑧。由金编剧、基于他的故事《戒烟公司》（"Quitters, Inc"）和《窗台》（"The Ledge"）的 1985 年电影《猫眼看人》（*Cat's Eye*）的主人公是一只贯穿三个故事的神秘猫咪。《来自地狱的猫》（"The Cat from Hell"）是金在 1977 年为一个杂志比赛创作的短篇小说，故事中一只非同寻常的猫成了一位职业杀手的目标。尽管如此，猫并不畏惧在金的家里长住。这位《肖申克的救赎》（*The Shawshank Redemption*）的作者在多年间养过好几只宠物，包括一只名为梨子（Pear）的"有些疯狂的暹罗猫"。

西尔维娅·普拉斯
SYLVIA PLATH

西尔维娅·普拉斯的自传体写作和自白诗探索她个人痛苦的内心世界、她动荡的情感关系和 20 世纪中期的女性所要经历的种种挣扎。据说普拉斯给自己童年时代的猫取名为爸爸（Daddy），《爸爸》也是她诗集中最著名的诗歌之一。1954 年，普拉斯在哈佛暑期学校学习，与南希·亨特·斯坦纳（Nancy Hunter Steiner）一起住在马萨诸塞大道 1572 号的四号公寓，在那儿她领养了一只名叫尼金斯基（Nijinsky）的猫，名字取自俄国的芭蕾舞蹈家，"因为他优雅的动作"。普拉斯的诗歌《艾拉·梅森和她的十一只猫》（"Ella Mason and Her Eleven Cats"）描述了一个面色红润的与猫住在一起的老处女：

老艾拉·梅森养了许多猫，最后一次数是十一只，
在她萨默塞特露台（Somerset Terrace）的东倒西歪的房子里；
看到我们的邻居群猫环绕，
人们感到奇怪
说："养那么多猫的女人脑袋怕是糊涂了。"

普拉斯死后还留下了一幅描绘一只"古怪的法国猫咪"的迷人画作。

特鲁门·卡波特
TRUMAN CAPOTE

特鲁门·卡波特 1958 年的中篇小说《蒂凡尼的早餐》（*Breakfast at Tiffany's*）讲述了一个小镇女孩如何化身为混迹于纽约咖啡馆的红人。主人公霍莉·戈莱特（Holly Golightly）抱怨道："如果我能找到一个让我感觉像在蒂凡尼珠宝店的真实的地方，那我会买一些家具，给猫取个名字。"在由奥黛丽·赫本（Audrey Hepburn）主演的 1961 年的电影改编中，这只无名的猫咪由一只橘色的斑纹公猫饰演，他是著名的猫咪演员，名叫大橘（Orangey）。卡波特还在他 1966 年的纪实犯罪小说《冷血》（*In Cold Blood*）里多次提到猫，用以暗指前科犯理查德·"迪克"·希科克（Richard "Dick" Hickock）和佩里·史密斯（Perry Smith）的诡秘。

厄休拉·勒古恩
URSULA K. LE GUIN

　　小说家、诗人和散文家厄休拉·勒古恩在社会学、人类学和道家关怀下创作以风景与深邃的自然力量为灵感的类型小说。她第一次前往东俄勒冈（Eastern Oregon）沙漠的旅行经历促使她在 1970 年创作了小说《地海古墓》（*The Tombs of Atuan*）。1985 年的女性主义小说《常回家》（*Always Coming Home*）读上去有些像是一个人类学家在田野考察的笔记。就连勒古恩的猫咪伙伴都表现出了与自然的强大联结。她以前的

斑纹猫洛伦佐（Lorenzo）——简称邦佐（Bonzo）（照片里的
这只）——是被勒古恩称作勇敢妈妈（Mother Courage）的
一只体型很小的猫生下的。"她不得不在野外生存，住在老牧场，
但她过过很好的日子，" 勒古恩告诉我，"她在野外养大的
孩子阳光、有礼貌、聪明、机智，是勇敢的捕手和深情的朋友。
邦佐是我生命中最棒的猫咪之一。" 到了吃早饭的时间，邦
佐是毫不留情的。"我还在睡觉，他就轻手轻脚地踏过我的脸，
当我睁开眼，两英寸处就是他大大的金色的眼睛。他是最好
的闹钟。" 勒古恩现在的猫咪朋友叫伙计（Pardner），昵称

是小伙（Pard）。这位作家甚至为他写了他的自传《我走过的日子》（*My Life So Far*）。"他常在我的书桌上靠着电脑睡觉，"她分享道，"如果我写东西时情绪变得比较激动（写信或是小说），他会感到不安，会来到我面前坐在鼠标上并发出呼噜声。有只猫坐在你的鼠标上，你要怎么写作？"当被问起她为什么喜欢猫时，勒古恩说："因为他们美丽、风趣、自重而且神秘。"当被问到为什么作家与猫之间似乎有一种特别的联系时，这位作家打趣道："也许因为作家不愿为了遛狗而不得不停止写作？"

◉ 泽尔达·菲茨杰拉德
ZELDA FITZGERALD

　　身为"美国第一轻佻女子"、社交名流、小说家和作家弗朗西斯·斯科特·菲茨杰拉德（F. Scott Fitzgerald）的妻子的泽尔达·菲茨杰拉德于 1932 年出版了小说《给我留下华尔兹》（*Save Me the Waltz*）。小说出版不久后她就拍下了这张照片用以宣传此书。照片中，她怀抱一只猫咪。我们对菲茨杰拉德家的猫的了解大多来自泽尔达给她在外旅行的丈夫写的深思而亲密的信，那时他们住在特拉华州威明

顿市（Wilmington）的一栋名叫艾勒斯利（Ellerslie）的希腊
复兴式府邸，以及他们购买的位于亚拉巴马州蒙特格马利市
（Montgomery）费尔德大道 819 号的房子里。猫咪查特（Chat）、
白色波斯猫肖邦（Chopin）和"一只漂亮、自若、狂野、有
着和文殊兰一样多的触角的小猫"只是喊泽尔达妈妈的猫咪
中的几只而已。她经常分享自己关于猫咪访客的诗意而幽默
的观察："猫是最漂亮的伙伴。他在壁炉上思考古埃及，轻

蔑地看着我们所有人。"在给作家、摄影师和朋友卡尔·范维克滕（Carl Van Vechten）的信中，泽尔达再次捕捉了猫咪性格的精髓："有一只 [猫] 有些斑点，但大部分是白色，有胡须，可惜他现在生病了，所以他的名字是埃兹拉·庞德（Ezra Pound）。另外一只叫作马赛鱼汤（Bouillabaisse）或是浑水（Muddy Water）或是杰瑞（Jerry）。他不应这任何一个名字，所以无所谓叫什么。"

参考文献

BIBLIOGRAPHY

Adamic, Lada, Moira Burke, Amaç Herdağdelen, and Dirk Neumann. "Cat People, Dog People." Facebook Research. August 7, 2016. https://research.fb.com/cat- people-dog-people.

"A Woman of Her Time." L. M. Montgomery Research Centre. Accessed July 15, 2017. http://www.lmmrc.ca/exhibit/of_her_time. html.

Badillo, Juan Manuel. "¿Dónde están los gatos de Carlos Monsiváis?" *El Economista*. June 21, 2010. http://eleconomista.com.mx/ entretenimiento/ 2010/06/21/donde-estan-gatos-carlos-monsivais-0.

Banner, Geonni. "The Murakami/Cat Connection." Shelter from the Storm. November 30, 2014. http://atpeacewithpink.blogspot. com/2014/11/normal-0-false-false- false-en-us-x-none_85.html.

Bennett, Leigh. "50 Shades of Lydia Davis." The Critical Flame. September 7, 2015. http://criticalflame.org/50-shades-of-lydia-davis.

Blume, Judy. "Questions for Judy." JudyBlume.com. Accessed July 15, 2017. http:// www.judyblume.com/about/questions/family. php.

Bonhams. Accessed July 17, 2017. https://www.bonhams .com/ auctions/17860/ lot/20.

Bradbury, Ray. AZQuotes.com. Accessed July 16, 2017. http:// www.azquotes .com/ quote/33885.

Bradbury, Ray. *Zen in the Art of Writing: Releasing the Creative Genius Within You.* New York: Bantam, 1992. https://www.amazon.com/ Zen-Art-Writing-Releasing-Creative/dp/0553296345.

Brennen, Carlene. *Hemingway's Cats: An Illustrated Biography.* Sarasota, FL: Pineapple Press, 2006. http://www.pineapplepress.com/shop/hemingways-cats-an-illustrated-biography/.

Brewer, Robert Lee. "A Poet's Brain: 'It's Alive!'" Writer's Digest. December 7, 2015. http://www.writersdigest.com/whats-new/ a-poets-brain-its-alive.

Bryer, Jackson R., and Cathy W. Barks. *Dear Scott, Dearest Zelda: The Love Letters of F. Scott and Zelda Fitzgerald.* New York: Macmillan, 2003. https://books.google.com/ books?isbn=0312282338.

Bukowski, Charles. *On Cats.* New York: HarperCollins, 2015. https://books.google.com/books?isbn=0062396013.

Bukowski, Charles. *Selected Letters Volume 2: 1965–1970.* New York: Random House, 2012. https://books.google.com/ books?isbn=1448114500.

Butscher, Edward. *Sylvia Plath: Method and Madness.* Tucson, AZ: Schaffner Press, 2003. https://books.google.com/books?isbn=0971059829.

Cassidy, Kyle. "Love Your Four Legged Beasties." Kyle Cassidy. January 21, 2010. http://kylecassidy.livejournal.com/576999.html.

"Charles Baudelaire's Fleurs du mal / Flowers of Evil." Fleursdumal. org. Accessed July 31, 2017. http://fleursdumal .org/poem/155.

Clapp, Susannah. *A Card from Angela Carter.* New York: Bloomsbury USA, 2012. https://books.google.com/books?isbn=1408828421.

Cline, Sally. *Zelda Fitzgerald: The Tragic, Meticulously Researched Biography of the Jazz Age's High Priestess.* New York: Skyhorse, 2012. https://books.google.com/ books?isbn=161145963X.

Cocteau, Jean. AZQuotes.com. Wind and Fly LTD. Accessed July 31, 2017. http:// www.azquotes .com/quote/59450.

Colette, Sidonie-Gabrielle. AZQuotes.com. Wind and Fly LTD. Accessed July 31, 2017. http://www.azquotes.com/quote/356619.

Conradi, Peter J. *Iris Murdoch: A Life.* New York: W. W. Norton & Company, 2001. https://books.google.com/books?isbn=0393048756.

Cortázar, Julio. GoodReads. Accessed July 15, 2017. https://www. goodreads.com/ quotes/129830-i-sometimes-longed-for-someone-who-like-me-had-not.

Crossen, Cynthia. "Just Asking . . . Doris Lessing." *The Wall Street Journal.* October 18, 2008. https://www.wsj .com/articles/ SB122427970148245879.

Davis, Anita Price. *The Margaret Mitchell Encyclopedia.* Jefferson, NC: McFarland, 2013. https://books.google.com/ books?isbn=0786492457.

Dawidziak, Mark. *Mark Twain for Cat Lovers: True and Imaginary Adventures with Feline Friends*. Lanham, MD: Rowman & Littlefield, 2016. https://books.google.com/books?isbn=1493027093.

Devlin, Kate. "Owning a Cat 'Cuts Stroke Risk By Third.'" *The Telegraph*. March 19, 2008. http://www.telegraph.co.uk/news/uknews/1582144/Owning-a-cat-cuts-stroke-risk-by-third.html.

Doris Lessing. *Particularly Cats*. DorisLessing.org. Accessed July 14, 2017. http://www.dorislessing.org/particularlycats.html.

Elinor Glyn. National Portrait Gallery. Accessed July 14, 2017. http://www.npg.org.uk/collections/search/person/mp01798/elinor-glyn.

Elinor Glyn with Her Cats Candide and Zadig. National Portrait Gallery. Accessed July 14, 2017. http://www.npg.org.uk/collections/search/portrait/mw165235/ Elinor-Glyn-with-her-cats-Candide-and-Zadig .

Erdrich, Louise. *The Blue Jay's Dance: A Birth Year*. New York: Harper Collins, 1996. https://books.google.com/books?isbn=0060927011.

Espeland, Pamela. "Marlon James Talks about Adverbs, His Writing Habits, and Books That Matter to Him." *MinnPost*. November 4, 2015. https://www.minnpost.com/artscape/2015/11marlon-james-talks-about-adverbs-his-writing-habits-and- books-matter-him.

Fabre, Michel, and Robert E. Skinner. *Conversations with Chester Himes*. Jackson: University Press of Mississippi, 1995. https://

books.google.com/ books?isbn=0878058184.

Gaiman, Neil. "Zoe." Neil Gaiman: Journal. January 21, 2010. http://journal.neilgaiman .com/2010/01/zoe.html.

Ginsberg, Allen, and Bill Morgan. *The Letters of Allen Ginsberg.* Boston: Da Capo Press, 2008. https://books.google.com/ books?isbn=0786726016.

Gordon, Edmund. *The Invention of Angela Carter: A Biography.* New York: Oxford University Press, 2017. https://books.google. com/books?isbn=0190626844.

Greene, Richard. *Edith Sitwell: Avant Garde Poet, English Genius.* London: Little, Brown Book Group, 2011. https://books.google. com/books?isbn=1405511079.

Grimes, William. "Exploring the Links Between Depression, Writers, and Suicide." *New York Times.* November 14, 1994. http:// www.nytimes.com/1994/11/14/books/ exploring-the-links-between-depression-writers-and-suicide.html.

Hendrix, Grady. "The Great Stephen King Re-read: Pet Sematary." Tor.com. January 24, 2013. http://www.tor.com/2013/01/24/the-great-stephen-king-re-read-pet-sematary.

Highsmith, Patricia. AZQuotes.com. Wind and Fly LTD. Accessed August 01, 2017. http://www.azquotes .com/quote/132011.

Hiney, Tom, and Frank MacShane. *The Raymond Chandler Papers: Selected Letters and Nonfiction 1909–1959.* New York: Grove Press, 2012. https://books.google.com/ books?isbn=0802194338.

Jordison, Sam. "Booker Club: The Sea, The Sea." *The Guardian.* February 11, 2009. https://www.theguardian.com/books/booksblog/2009/feb/10/iris-murdoch-sea-booker.

"Jorge Luis Borges: Traveling Not Only in Space, But in Time." UPI. October 14, 1984. http://www.upi.com/Archives/1984/10/14 Jorge-Luis-Borges-Traveling-not-only-in-space-but-in-time/9670466574400.

Joseph, Raveena. "Anuja Chauhan on Her Latest Book: The House That BJ Built." *The Hindu.* August 16, 2017. http://www.thehindu.com/features/metroplus/interview-of-bestselling-author-anuja-chauhan/article7499462.ece.

Levy, Paul. "Obituary: Dame Iris Murdoch." *The Independent.* February 10, 1999. http://www.independent.co.uk/arts-entertainment/obituary-dame-iris-murdoch-1069841.html.

Lidz, Gogo. "Soon You Too Can Tour Hunter S. Thompson's House." *Newsweek.* July 15, 2015. http://www.newsweek.com/2015/08/14/hunter-s-thompson-gonzo-owl-farm-colorado-woody-creek-fear-and-loathing-dr-353780 .html.

MacShane, Frank. *Selected Letters of Raymond Chandler.* New York: Columbia University Press, 1981. https://books.google.com/books?isbn=0231050801.

Mancini, Mark. "12 Charming Tidbits about Beverly Cleary." Mental Floss. April 12, 2016. http://mentalfloss.com-article/56708/12-charming-tidbits-about-beverly- cleary.

Margolies, Edward, and Michel Fabre. *The Several Lives of Chester Himes.* Jackson: University Press of Mississippi, 1997. https://books.google.com/ books?isbn=1617035084.

Martin, Ann M. Scholastic. Accessed July 3, 2017. http://www. scholastic.com/ annmartin/about.

Millier, Brett C. *Elizabeth Bishop: Life and the Memory of It.* Berkeley and Los Angeles: University of California Press, 1992. https://books.google.com/ books?isbn=0520917197.

Montgomery, Lucy Maud. *Anne of the Island.* New York: Grosset & Dunlap, 1915. https://books.google.com/books?id=NXnhAAAAMAAJ.

Morris, Desmond. *The Naked Ape: A Zoologist's Study of the Human Animal.* New York: Delta, 1999. https://www.amazon.com/ Naked-Ape-Zoologists-Study-Animal/ dp/0385334303.

Mualem, Shlomy. *Borges and Plato: A Game with Shifting Mirrors.* Madrid: Iberoamericana-Vervuert, 2012.

"Murakami the Cat Lover." Wednesday Afternoon Picnic. May 28, 2011. http:// wednesdayafternoonpicnic.blogspot.com/2011/05/ murakami-cat-lover.html .

"National Cat Day with Mark Twain." University of California

Press Blog. Accessed July 15, 2017. http://www.ucpress.edu/blog/19562/national-cat-day-with-mark-twain.

Neelis, Koty. "17 Inspiring Quotes about Cats That Will Make You Lose Faith in Dogs." Thought Catalog. October 15, 2013. https://thoughtcatalog.com/koty-neelis/ 2013/10/17-inspiring-quotes-about-cats-that-will-make-you-lose-faith-in-dogs.

Jirō Osaragi. *QK Kamakura* magazine. Accessed July 15, 2017. http://qk-kamakura.com/people/jiro-osaragi.

"Patricia Highsmith." Naim Attallah Online. October 1, 2014. https://quartetbooks.wordpress.com/2014/01/10/patricia-highsmith/.

Penn, Sean. "Tough Guys Write Poetry." Bukowski.net (republished from *Interview* magazine, September 1987). https://bukowski.net/poems/int2.php.

Popova, Maria. Brainpickings Explore. "To a Cat" by Jorge Luis Borges. August 24, 2013. http://explore.brainpickings.org/post/59193926816/ to-a-cat-by-jorge-luis-borges-august-24.

Publishers Weekly. Photo. August 5, 2016. http://publishersweekly.tumblr.com/ post/148507813391/he-had-as-much-confidence-in-his-cats-opinions.

Rosman, Katherine. "Who Owns Helen Gurley Brown's Legacy?" *New York Times.* August 22, 2015. https://www.nytimes.com/2015/08/23/fashion/helen-gurley-brown-cosmopolitan-editor-hearst-legacy.html.

Schenkar, Joan. *The Talented Miss Highsmith: The Secret Life and Serious Art of Patricia Highsmith.* New York: St. Martin's Press, 2010. https://books.google.com/ books?isbn=1429961015.

Shenoy, Preeti. "Why Cats Are Worshipped in Kedar-Gouri Temple." Preeti's Blog. December 30, 2015. http://blog.preetishenoy.com/2015/12/why-cats-are-worshipped-in-kedar-gouri.html.

Sitwell, Edith. *Taken Care Of: An Autobiography.* London: A&C Black, 2011. https://books.google .com/books?isbn=1448201748.

Soto, Ángel. "Monsi: las manías del cronista de la cabellera revuelta." *Milenio.* April 5, 2017. http://www.milenio.com/cultura/carlos_monsivais-biografia-gatos-estanquillo-aniversario-cantinas-milenio-noticias_0_731327054 .html.

"Springdale Business Memorializes Helen Gurley Brown." Talk Business & Politics. January 17, 2013. http://talkbusiness .net/2013/01 springdale-business-memorializes-helen-gurley-brown.

Swerdloff, Alexis. "Ann M. Martin on the Enduring Appeal of the Baby-Sitters Club and Rebooting Another Children's Series." Vulture. September 5, 2016. http://www.vulture.com/2016/09/ann-m-martin-missy-piggle-wiggle.html.

Swick, David. "We Live in the Best of All Times: A Conversation with Alice Walker." *Lion's Roar.* May 1, 2007. https://www.lionsroar.com/we-live-in-the-best-of-all-times-a-conversation-with-alice-walker.

"The Cats." The Ernest Hemingway Home and Museum. Accessed July 14, 2017. http://www.hemingwayhome.com/cats.

The Cat Who Club. February 1998. http://thecatwhoclub.tripod.com/id201.html.

Tuckman, Jo. "Carlos Monsiváis Obituary." *The Guardian.* June 24, 2010. https:// www.theguardian.com/books/2010/jun/24/carlos-monsivais-obituary.

TwainQuotes.com. Accessed July 15, 2017. http://www.twainquotes.com/Cats.html, http://www.twainquotes.com/19050409.html, http://www.twainquotes.com/ Bambino.html.

Walker, Alice. *Anything We Love Can Be Saved: A Writer's Activism.* Reprint ed. New York: Ballantine Books, 1998.

Weller, Sam. "Marguerite Bradbury: 1922–2003—An Appreciation." raybradbury.com. Accessed July 16, 2017. http://www.raybradbury.com/maggie.html.

Wood, Rocky. *Stephen King: A Literary Companion.* Jefferson, NC: McFarland, 2011. https://books.google.com/books?isbn=0786485469.

照片出处
CREDITS

第 11 页：安德烈亚·罗斯（Andrea Roth）摄

第 15 页：弗雷德·W. 麦克达拉（Fred W. McDarrah）/ 盖帝图像（Getty Images）

第 16 页：利亚姆·怀特（Liam White）/ 阿拉米有限责任公司（Alamy Ltd.）

第 20 页：玛丽安娜·巴塞罗那（Marianne Barcellona）/《生活》杂志图像采集（The LIFE Images Collection）/ 盖帝图像

第 23 页：阿努贾·乔汉授权使用

第 24 页：© 贝里特·埃林森

第 26 页：克利里家庭档案 / 维基共享资源（Wikimedia Commons）

第 28 页：福托图像（Fotoe Images）/ 照摄（Photoshot）机构

第 30 页：GDA/AP 图像

第 32 页：© 琳达·李·布可夫斯基（Linda Lee Bukowski）

第 34 页：阿弥斯塔德研究中心（Amistad Research Center）

第 37 页：影像摄影（Imagno）/ 盖帝图像

第 38 页：马克·格尔森（Mark Gerson）/ 布里奇曼图像（Bridgeman Images）

第 41 页：马克·格尔森（Mark Gerson）/ 布里奇曼图像（Bridgeman Images）

第 42 页：萨沙（Sasha）/ 盖帝图像

第 44 页：J. L. 卡斯泰尔（J. L. Castel）/ 档案及特别收藏，瓦萨学院图书馆（Vassar College Library）。Ref. # 3.454

第 47 页：厄尔·泰森（Earl Theisen）/ 欧内斯特·海明威

合集 / 约翰·F. 肯尼迪总统图书馆及博物馆（John F. Kennedy Presidential Library and Museum），波士顿

第 50 页：彼得·霍夫曼（Peter Hoffman）/ 瑞达可斯（Redux）

第 53 页：美联社图像（Associated Press Photo）

第 57 页和封面：普尔·弗克沃（Per Folkver）/ Ritzau Scanpix

第 60 页：贝特曼（Bettmann）/ 盖帝图像

第 62 页：© 贝蒂娜·施特劳斯（Bettina Strauss）

第 64 页：灵·哈斯尔（Linh Hassel）/ 年代图像存储（Age Fotostock）/ 阿拉米

第 67 页：亚基拉·石井（Akira Ishii）/ 大佛次郎纪念博物馆授权使用

第 69 页：费迪南多·希安纳（Ferdinando Scianna）/ 马格南图片社

第 71 页：贝特曼（Bettmann）/ 盖帝图像

第 73 页：恩里克·普拉纳斯（Enrique Planas）/ 商报（El Comercio）/ 美联社图像

第 75 页：© 斯瑞达拉·斯瓦米（Sridala Swami）

第 79 页：南希·皮尔斯（Nancy Pierce）/《生活》杂志图像采集（The LIFE Images Collection）/ 盖帝图像

第 80 页：© 贝蒂娜·施特劳斯

第 82 页：© 西奥·科特（Theo Cote）

第 85 页：亚特兰大历史中心的凯南研究中心（Kenan Research Center at the Atlanta History Center）

第 87 页：安德伍德 & 安德伍德（Underwood & Underwood）/

纽约时报（*New York Times*）/ 维基共享资源授权使用

第 91 页：卡罗琳·科尔（Carolyn Cole）/ 洛杉矶时报（*Los Angeles Times*）

第 94 页：©KyleCassidy.com

第 97 页：霍斯特·塔普（Horst Tappe）基金 / 格兰杰（Granger），纽约市（NYC）

第 100 页：© 普瑞蒂·谢诺伊

第 103 页：© 顶级图片（Topfoto）

第 105 页：© 约翰·恩斯泰德（John Engstead）/MPTV 图像 . 图像：雷蒙德·钱德勒文档（收藏 638 号）［Raymond Chandler Papers（Collection 638）］. 加州大学洛杉矶分校特别收藏 . 查尔斯·E. 杨（Charles E. Young）研究图书馆，加州大学洛杉矶分校

第 108 页：©@nickoken

第 112 页：AF 档案 / 阿拉米有限责任公司

第 114 页：奥里莉亚·S. 普拉斯（Aurelia S. Plath）财产 / 史密斯学院莫蒂梅尔稀有书籍室（Mortimer Rare Book Room at Smith College）

第 117 页：史蒂夫·夏皮罗（Steve Schapiro）/ 科尔维斯（Corbis）/ 盖帝图像（Getty Images）

第 118 页：© 帕蒂·佩雷特（Patti Perret）

第 123 页：蒙达多里作品选辑（Mondadori Portfolio）/ 布里奇曼图像

致谢
ACKNOWLEDGMENTS

　　我要向编年史出版社（Chronicle Books）的所有人表达我最深的谢意，尤其是布丽姬特·沃特森·佩恩（Bridget Watson Payne）和娜塔丽·巴特菲尔德（Natalie Butterfield）。特别感谢朱利恩·托马塞洛（Julien Tomasello）、琳达·克劳福德（Lynda Crawford）和克里斯汀·休伊特（Kristen Hewitt）的帮助。萨西·福尔吉尼（Cacy Forgenie）和米西（Missy）、AJ 和塔利（Tally）、源氏和奥布里（Aubrey）给很多人留下了美好的回忆。感谢我的家庭和我们亲爱的宠物；感谢马克（Mac）所有的爱与支持。

译注

① 这是美国东南部的原住民乔克托人的语言。

② 国外网友们在网上发布的自己的猫在奇怪的容器里坐着的表情包，且都配上 "If it fits I sits" 的配文。

③ 《老实人》和《查第格》是伏尔泰的两本著作。

④ "老爹"（Papa）是海明威的昵称。

⑤ 布奇和太阳舞是电影《虎豹小霸王》（*Butch Cassidy and the Sundance Kid*）的两位主人公。

⑥ 微型小说往往比短篇小说还要短，有的甚至不到千字。

⑦ 照片炸弹是指拍照时有不相干的人或物突然闯入。

⑧ 猫人（were-cats）类似狼人（werewolf），是半人半猫的存在。

江苏省版权局著作权合同登记　图字：10–2019–650 号

图书在版编目（CIP）数据

作家与他们的猫 /（美）艾莉森·纳斯塔西著 ; 陈
畅译 . -- 南京 : 南京大学出版社 , 2020.10
书名原文 : Writers and Their Cats
ISBN 978–7–305–23658–7

Ⅰ . ①作… Ⅱ . ①艾… ②陈… Ⅲ . ①故事 – 作品集
– 美国 – 现代 Ⅳ . ① I712.45

中国版本图书馆 CIP 数据核字（2020）第 157747 号

出版发行　南京大学出版社
社　　址　南京市汉口路 22 号　　　　　邮　编　210093
出 版 人　金鑫荣

书　　名　作家与他们的猫
著　　者　［美］艾莉森·纳斯塔西
译　　者　陈　畅
责任编辑　张　静

照　　排　南京新华丰制版有限公司
印　　刷　南京爱德印刷有限公司
开　　本　787mm × 1092mm　1/32　印张　5　字数　90　千
版　　次　2020 年 10 月第 1 版　2020 年 10 月第 1 次印刷
ISBN 978–7–305–23658–7
定　　价　49.00 元

网址：http://www.njupco.com
官方微博：http://weibo.com/njupco
微信服务号：njupress
销售咨询热线：（025）83594756